Tropical Drinks – fruchtig, exotisch und verführerisch

Gute Zutaten, formschöne Gläser und ein bißchen Phantasie – mehr brauchen Sie nicht, um sich mit einem tropischen Drink in Stimmung zu bringen.
Mit weißem oder braunem Rum, mit dem mexikanischen Agaven-Schnaps Tequila od Cachaça, einem Zuckerrohrbrand aus Brasilien, bekommen tropische Drink eine geistvolle Note.
Für den exotischen Geschmack sorgen Lik oder Sirupe, Fruchtsäfte und Limonader
Was immer Sie mixen:
Wichtig ist die Dekoration des Drinks mit den passenden Früchten, bunten Trir halmen oder Rührstäben.
Denn das Auge trinkt schließlich mit.

MIT ♡ LIEBE

COCKTAILS

einfach raffiniert

GONDROM

Blue Ocean

Fruchtig-frisch mit viel Pfiff, ein idealer Drink für die Sommerparty.

Zutaten für 1 Drink:
8–10 mittelgroße Eiswürfel
1 cl Maracujasirup
6 cl Grapefruitsaft
3 cl weißer Tequila
3 cl Curaçao Blue
10 cl klare Zitronenlimonade
Zum Garnieren:
2–3 dünne Zitronenscheiben
(Schale unbehandelt)
einige Cocktailkirschen mit Stiel
Was Sie sonst noch brauchen:
Shaker
1 Longdrinkglas
Barsieb
2 Trinkhalme

1

5–6 Eiswürfel in den unteren Teil des Shakers füllen.

2

Den Maracujasirup, den Grapefruitsaft, den Tequila und den Curaçao Blue dazugeben, den Shaker schließen und alles mindestens 10 Sekunden lang kräftig schütteln (Seite 18/19).

3

3–4 Eiswürfel, 2–3 Zitronenscheiben und ein paar Cocktailkirschen abwechselnd ins Glas geben und den Inhalt des Shakers durch das Barsieb dazugießen.

4

Die Zitronenlimonade auf das verbliebene Eis im Shaker geben, kurz schwenken und durch das Barsieb ins Glas gießen.

5

Die 2 Trinkhalme in das Glas geben und den Drink damit leicht umrühren.

Tequila – die Trendspirituose der 90er Jahre

Neben Gin, Wodka und weißem Rum gehört auch der aus Mexiko stammende Tequila zu den großen weißen Mix-Spirituosen. Einen kräftigen Popularitätsschub erhielt er hierzulande durch die Fußballweltmeisterschaft 1986 in Mexiko.

Der Agavenbrand kommt weiß und braun in den Handel. Weißer Tequila wird gleich nach der Destillation abgefüllt und behält dadurch sein wasserhelles Aussehen und den frischen, erdigen Geschmack. Die goldgelben Sorten erhalten während ihrer ein- bis dreijährigen Lagerung im Eichenholzfaß ihre Farbe und ein schweres, fast rauchiges Aroma.

Zum Mixen werden meist die weißen Sorten verwendet, braune Tequilas schmecken zu intensiv hervor.

Blue Ocean

Sunshine Punch

Exotisches Flair verbreitet diese Variante des Karibik-Klassikers Planter's Punch.

Zutaten für 1 Drink:
8–10 mittelgroße Eiswürfel
1–2 cl Grenadinesirup
2 cl Zitronensaft
5 cl Ananassaft
5 cl Orangensaft
3 cl weißer Rum
3 cl brauner Rum
Zum Garnieren:
1 Ananasstück (frisch oder aus der Dose)
1 Minzezweig
Was Sie sonst noch brauchen:
Shaker
1 Longdrinkglas
Barsieb
2 Trinkhalme

1

5–6 Eiswürfel in den unteren Teil des Shakers füllen.

2

Den Grenadinesirup, die Säfte und den Rum dazugeben, den Shaker schließen und mindestens 10 Sekunden lang kräftig schütteln (Seite 18/19).

3

3–4 Eiswürfel ins Glas geben und den Inhalt des Shakers durch das Barsieb dazugießen.

4

Das Ananasstück einschneiden (das frische vorher gegebenenfalls schälen und Augen entfernen) und an den Glasrand stecken. Den Drink mit dem Minzezweig garnieren und mit den Trinkhalmen servieren.

Ausgewogenheit garantiert den Erfolg

Wohlschmeckende Planter's Punch-Rezepte gibt es so viele wie Barbücher und kreative Barmixer. Die Zutaten Sirup, Saft und Rum bieten viele Möglichkeiten zum Entwickeln eigener Kreationen. Statt Grenadinesirup können Sie Maracuja-, Mango-, Bananen- oder Ananassirup nehmen, statt Ananas- und Orangensaft Maracuja-, Mango-, Bananen- oder Grapefruitsaft beziehungsweise -nektar. Verwenden Sie keine Sirupe und Säfte der gleichen Frucht bei einem Drink, und achten Sie darauf, daß das Verhältnis zwischen süßen und sauren Säften ausgewogen ist.

Soll Ihr Drink nicht intensiv nach Alkohol schmecken, dann verwenden Sie nur weißen Rum, soll er stark schmecken, dann mixen Sie mit braunem.

Eine alkoholfreie Punch-Version erhalten Sie, wenn Sie 1–2 cl eines Sirups und eine größere Menge von drei unterschiedlichen Säften in den Shaker geben und genauso verfahren wie beim alkoholischen Drink.

Sunshine Punch

Strawberry Daiquiri

Ein Klassiker im modernen Gewand, der ab den Mittagsstunden immer die richtige Empfehlung ist.

Zutaten für 1 Drink:
3–5 Erdbeeren (je nach Größe)
1 cl Erdbeersirup oder Erdbeerlikör
2 cl Zuckersirup
3 cl Zitronen- oder Limettensaft
5 cl weißer Rum
4–5 mittelgroße Eiswürfel
Zum Garnieren:
1 Erdbeere
Was Sie sonst noch brauchen:
Mixer
Shaker
Barsieb
1 Cocktailschale oder 1 Stielglas

1

Die Erdbeeren, den Erdbeersirup oder -likör, den Zuckersirup, den Zitronen- oder Limettensaft und den Rum in den Mixer geben und gut durchmixen.

2

Die Eiswürfel in den Shaker geben und die Mischung aus dem Mixer dazugießen. Den Shaker schließen und mindestens 10 Sekunden lang kräftig schütteln (Seite 18/19). Drink durch das Barsieb in das Glas gießen.

3

Die Erdbeere zum Garnieren einschneiden und an den Glasrand stecken.

4

Bei Zubereitung mehrerer Cocktails zuerst ausreichend Erdbeeren pürieren, dann die Drinks mit dem Erdbeerpüree und den übrigen Zutaten im Shaker mixen.

Klassisch, einfach und »ladylike«

Der international verbreitete Daiquiri-Cocktail verdankt einen Großteil seiner Popularität dem Schriftsteller und Kuba-Liebhaber Ernest Hemingway, der ihn in seinen Büchern verewigt hat.

Benannt wurde der Daiquiri nach einer gleichnamigen kleinen Ansiedlung in der Nähe von Santiago/Kuba. Dort war der amerikanische Ingenieur Jennings Cox um 1890 in einer Kupfermine tätig. Ihm verdanken wir das Rezept dieses köstlichen Getränks. Jennings Cox mixte seinen Besuchern aus den einheimischen Produkten Rum, Limettensaft und Zucker Drinks, für die sich bald der Name Daiquiri einbürgerte.

Wie bei jedem erfolgreichen Cocktail wurde auch der Daiquiri zum Beispiel durch Zugabe von Früchten und Likören abgewandelt. Weltweit durchgesetzt haben sich der Strawberry-, der Banana-, der Pineapple- (Ananas-) und der Raspberry- (Himbeer-) Daiquiri.

Die Zubereitung ist bei allen Fruit-Daiquiris gleich. Das Original wird mit 5 cl weißem Rum, 3 cl Zitronen-/Limettensaft, 2 cl Zuckersirup gemixt und mit 1 Limettenscheibe garniert.

Strawberry Daiquiri

Piña Colada

Herrlich erfrischend und aromatisch,
die absolute Nr. 1 unter den Tropical Drinks.

Zutaten für 1 Drink:
2–4 cl Cream of Coconut oder Kokossirup
10 cl Ananassaft
6 cl weißer Rum
Gestoßenes Eis aus 7–8 mittelgroßen
Eiswürfeln (Seite 18/19)
Zum Garnieren:
1 Ananasstück (frisch oder aus der Dose)
1 Cocktailkirsche
Was Sie sonst noch brauchen:
Mixer
1 Longdrink- oder Phantasieglas
2 dicke Trinkhalme
1 Cocktailspieß

1

Die Cream of Coconut oder den Kokossirup, den Ananassaft und den Rum in den Mixer geben und gut durchmixen. Das Trinkglas zur Hälfte mit dem gestoßenen Eis füllen und die Mischung aus dem Mixer dazugießen.

2

Die Trinkhalme dazugeben und mit diesen den Drink gut umrühren.

3

Das Ananasstück einschneiden (gegebenenfalls vorher schälen und die Augen entfernen) und an den Glasrand stecken. Mit dem Cocktailspieß eine Cocktailkirsche an das Ananasstück spießen.

4

Mit etwas mehr Ananassaft als im Originalrezept, Cream of Coconut und 2 cl Sahne mixen Sie einen herrlichen alkoholfreien Drink, den »Baby Piña Colada«.

Ein Drink, rund wie eine Kokosnuß

Die Geschichte dieses Kokos-Drinks beginnt 1948, als in San Juan auf Puerto Rico zum erstenmal Cream of Coconut hergestellt wurde. Vier Jahre später kombinierte ein Barmixer der Insel die Cocoscream mit Ananassaft und Rum: Der Piña Colada war geboren. Findige PR-Leute stilisierten ihn zum traditionellen Begrüßungstrunk der Karibik hoch und die Touristen verbreiteten das Rezept in der ganzen Welt. Heute hat der Piña Colada eine größere Zahl von Liebhabern gefunden als jede andere Kreation der letzten Jahre.

Piña Colada

Southern Magic

Lassen auch Sie sich verzaubern mit diesem modernen Longdrink der Extraklasse!

Zutaten für 1 Drink:
8–10 mittelgroße Eiswürfel
1 cl Grenadinesirup
1 cl Zitronensaft
6 cl Ananassaft
6 cl Orangensaft
3 cl brauner Rum
3 cl Southern Comfort
Zum Garnieren:
1 Pfirsichscheibe
(frisch oder aus dem Glas)
1 Minzezweig
Was Sie sonst noch brauchen:
Shaker
1 Longdrinkglas
Barsieb
2 Trinkhalme

1

5–6 Eiswürfel in den unteren Teil des Shakers füllen.

2

Den Grenadinesirup, die Säfte, den Rum und den Southern Comfort dazugeben, den Shaker schließen und mindestens 10 Sekunden lang kräftig schütteln (Seite 18/19).

3

3–4 Eiswürfel ins Glas geben und den Inhalt des Shakers durch das Barsieb dazugießen.

4

Die Pfirsichscheibe einschneiden und an den Glasrand stecken. Mit dem Minzezweig dekorieren. Den Drink mit den Trinkhalmen servieren.

Southern Comfort – die moderne Mixbasis

Southern Comfort bietet umfangreiche Möglichkeiten zum Mixen unkomplizierter Longdrinks. Einfach einige Eiswürfel in ein Glas geben, Southern Comfort dazu und aufgießen mit Orangensaft, Maracujanektar, Cola oder Ginger Ale. Hinter Southern Comfort verbirgt sich die größte und älteste Likörmarke der USA. Der trockene alkoholreiche Likör mit 40% Vol. auf Bourbon Whiskey-Basis wird mit Pfirsichen, Orangen und Kräutern aromatisiert. Obwohl Southern Comfort zu den Likören zählt, wird er oft wegen seines hohen Alkoholgehalts als gesüßter Bourbon bezeichnet.

Southern Magic

Caipirinha

*Karneval, Samba und dazu einen Caipirinha –
den Renner der 90er Jahre aus Brasilien.*

Zutaten für 1 Drink:
2 Limetten (Schale unbehandelt)
6 cl Cachaça
1–2 cl Zuckersirup
4–5 mittelgroße Eiswürfel
Was Sie sonst noch brauchen:
1 übergroßes Whiskeyglas
Stößel
Barlöffel
2 Trinkhalme

1

Die Limetten waschen, vierteln, den Saft in das Whiskeyglas ausdrücken und die Limettenstücke mit ins Glas geben.

2

Mit dem Stößel die Limettenstücke im Glas nochmals kräftig ausdrücken.

3

Den Cachaça und den Zuckersirup dazugießen. Mit dem Barlöffel gut umrühren.

4

Das Glas mit den Eiswürfeln auffüllen, nochmals gut umrühren und mit den Trinkhalmen servieren.

5

Statt Zuckersirup können Sie auch weißen oder braunen Zucker verwenden. Dann jedoch vor der Eiszugabe gut rühren, um den Zucker aufzulösen. Besonders leicht löst sich Puderzucker auf.

Caipirinha – der Piranha im Glas

Cachaça, die bekannteste brasilianische Spirituose, ist ein Schnaps, der aus grünem Zuckerrohr hergestellt wird. Mit der internationalen Verbreitung des Cachaça begann auch der Siegeszug des Caipirinha. Zu seinem Erfolg hat sicherlich beigetragen, daß der Drink leicht herzustellen ist und seine süßsauren Komponenten sich in Verbindung mit dem Cachaça hervorragend entfalten.
Jedoch kein Erfolg ohne Nachahmer: Sehr beliebt ist auch der Caipirovka, bei dem der Cachaça durch Wodka ersetzt wird, sowie der Caipirissima, bei dem weißer Rum verwendet wird.

Caipirinha

Green Poison

Das grüne Gift – eine aparte Mischung mit einer Spur Kokosnuß.

Zutaten für 1 Drink:
8–10 mittelgroße Eiswürfel
2 cl Kokossirup
2 cl Zitronensaft
10 cl Maracujanektar
2 cl Curaçao Blue
4 cl weißer Tequila
Zum Garnieren:
1 Zitronenscheibe (Schale unbehandelt)
1 Cocktailkirsche
Was Sie sonst noch brauchen:
Shaker
1 Longdrinkglas
Barsieb
1 Cocktailspieß
2 Trinkhalme

1

5–6 Eiswürfel in den unteren Teil des Shakers füllen.

2

Den Kokossirup, den Zitronensaft, den Maracujanektar, den Curaçao Blue und den Tequila dazugeben, den Shaker schließen und mindestens 10 Sekunden lang kräftig schütteln (Seite 18/19).

3

3–4 Eiswürfel ins Glas geben und den Inhalt des Shakers durch das Barsieb dazugießen.

4

Die Zitronenscheibe einschneiden, an den Glasrand stecken und mit dem Cocktailspieß die Cocktailkirsche daran befestigen. Mit den Trinkhalmen servieren.

Curaçao – der unentbehrliche Mixlikör

Curaçao verträgt sich mit fast allen anderen Spirituosen. Er rundet viele Drinks ab und ist auch als Geschmacksträger unentbehrlich. Bei der Herstellung von Curaçao wird ein Destillat von Schalen der pomeranzenartigen Curaçao-Früchte verwendet. Gute Marken weisen einen hohen Alkoholgehalt auf. Curaçao wird als Triple Sec (dreifach trocken), Orange, Blue, Green und Red angeboten. Greifen Sie im Supermarkt zu renommierten Marken. Billigprodukte weisen oft einen niedrigen Alkoholgehalt auf und sind anstelle von Destillaten mit Essenzen oder Aromastoffen hergestellt.

Green Poison

So wird's gemacht

Im Shaker schütteln

1 In das Unterteil des Shakers beziehungsweise in das Glasteil des Boston Shakers einige Eiswürfel geben, dann – in der Reihenfolge Sirup, Säfte, Spirituosen – die Zutaten dazugießen.

2 Den Shaker schließen und waagerecht mindestens 10 Sekunden lang kräftig schütteln.

3 Den Shaker öffnen, den Inhalt durch ein Barsieb in das Glas auf Eiswürfel abgießen.

1

Eis zerkleinern

1 Die Eiswürfel in ein sauberes Küchentuch einwickeln.

2 Den Eisbeutel auf einen festen Untergrund legen, mit einem Fleischklopfer daraufschlagen, bis alles Eis in kleine Stückchen zertrümmert ist.

3 Die Eisstückchen mit einem Löffel vom Tuch nehmen und direkt in ein Glas geben oder in eine kleine Schüssel füllen und diese im Tiefkühlfach aufbewahren.

1

Salzrand am Glas

1 Den Rand einer Cocktailschale in einem leicht eingeschnittenen Zitronenviertel drehen.

2 Das Glas in einen mit Salz gefüllten Teller tupfen.

3 Überschüssiges Salz durch Klopfen am Glas entfernen und den Drink einfüllen.

1

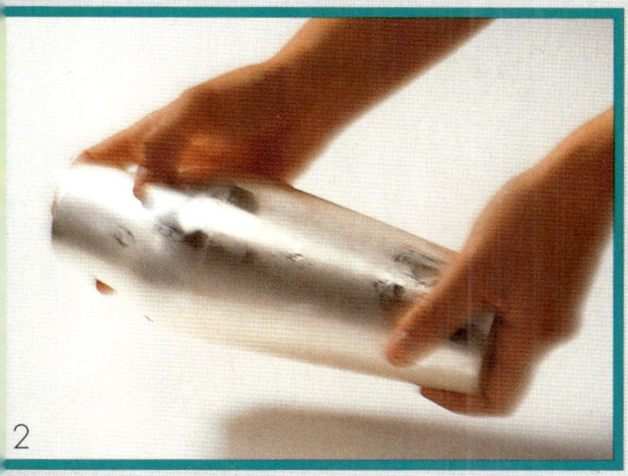

2

3

2

3

2

3

Margarita

Sauer macht lustig – salzig auch.
Der Top-Cocktail für Genießer herber Drinks.

Zutaten für 1 Drink:
4–5 mittelgroße Eiswürfel
4 cl weißer Tequila
2 cl Curaçao Triple Sec oder Cointreau
2 cl Limetten- oder Zitronensaft
Zum Garnieren:
¼ Zitrone
Salz, in einen Teller gefüllt
Was Sie sonst noch brauchen:
1 Cocktailschale
Shaker
Barsieb

1

Den Rand der Cocktailschale in dem Zitronenviertel drehen und in den mit Salz gefüllten Teller tupfen. Das überschüssige Salz durch Klopfen am Glas entfernen (Seite 18/19).

2

Die Eiswürfel in den unteren Teil des Shakers füllen.

3

Den Tequila, den Curaçao Triple Sec oder den Cointreau und den Limetten- oder Zitronensaft dazugeben, den Shaker schließen und mindestens 10 Sekunden lang kräftig schütteln (Seite 18/19).

4

Den Inhalt des Shakers durch das Barsieb in das vorbereitete Glas gießen.

5

Versuchen Sie zur »Blauen Stunde« die Blue Margarita. Dazu verwenden Sie Curaçao Blue anstelle von Triple Sec.

Margarita – ein Drink mit Charakter

Viele Geschichten ranken sich um die Entstehung dieses weltbekannten Cocktails. Wahrscheinlich erfand ein amerikanischer Hotelmanager im Jahre 1936 den Drink für seine salzliebende Freundin und taufte ihn nach ihr »Margarita«.
Von den USA aus fand der Margarita seinen Weg in die Heimat des Tequilas, nach Mexiko. Heute verläßt kaum ein Tourist das mittelamerikanische Land, ohne diesen Drink versucht zu haben.
Bei hohen Temperaturen verbindet sich bei dem Genuß des herben Klassikers das Angenehme mit dem Nützlichen: Das am Glasrand haftende Salz hilft dem Körper, große Hitze besser zu ertragen.

Margarita

Pink Elephant

Der Pink Elephant ist keine zoologische Sensation, sondern ein gut ausgewogener, nicht zu starker Rum-Drink.

Zutaten für 1 Drink:
8–10 mittelgroße Eiswürfel
1 cl Grenadinesirup
1 cl Zitronensaft
2 cl Bananensirup oder Bananenlikör
6 cl Grapefruitsaft
6 cl Maracujanektar
4 cl brauner Rum
Zum Garnieren:
1 Orangenscheibe (Schale unbehandelt)
1 Zitronenscheibe (Schale unbehandelt)
1 Kiwischeibe, geschält
1 Cocktailkirsche
Was Sie sonst noch brauchen:
Shaker
Longdrinkglas
Barsieb
1 Cocktailspieß
2 Trinkhalme

1

5–6 Eiswürfel in den unteren Teil des Shakers füllen.

2

Die übrigen Zutaten dazugeben, den Shaker schließen, waagerecht halten und mindestens 10 Sekunden lang kräftig schütteln (Seite 18/19).

3

3–4 Eiswürfel ins Glas geben und den Inhalt des Shakers durch das Barsieb darübergießen.

4

Mit je 1 Orangen-, Zitronen- und Kiwischeibe den Drink garnieren, mit dem Cocktailspieß eine Cocktailkirsche daran befestigen und die Trinkhalme dazustecken.

Ihre Hausbar bietet viele Möglichkeiten

Die Entwicklung eines Longdrinks ist gar nicht so schwer. In der Regel werden eine Basis-Spirituose, Sirup und/oder Likör und Säfte benötigt. Wenn diese Zutaten zueinander passen, kann nicht mehr viel schiefgehen. Gießen Sie mit dem Meßglas die Zutaten in das Unterteil Ihres Shakers, rühren Sie mit einem Barlöffel nach jeder neuen Zutat um und probieren Sie. Damit haben Sie die Möglichkeit, noch auszugleichen. Erst wenn Sie alle Zutaten zugegeben haben und Ihnen der Drink schmeckt, sollten Sie Eiswürfel dazugeben und schütteln: Fertig ist Ihre eigene Kreation.
Noch ein Tip: Machen Sie sich immer Notizen, damit Sie am Ende sicher sind, wieviel und was Sie verwendet haben.

Pink Elephant

Mai Tai

Der große Rum-Drink der Südsee, der auch Sie verzaubern wird.

Zutaten für 1 Drink:
Gestoßenes Eis aus 7–8 mittelgroßen Eiswürfeln (Seite 18/19)
1 Limette
4–5 mittelgroße Eiswürfel
1 cl Limettensaft
1 cl Zuckersirup
1 cl Mandelsirup
2 cl Curaçao Triple Sec oder Cointreau
6 cl brauner Rum
Zum Garnieren:
2 Cocktailkirschen
1 Stück Ananas
1 Minzezweig
Was Sie sonst noch brauchen:
1 übergroßes Whiskeyglas
Shaker
Barsieb
2 kurze Trinkhalme

1

Das Glas zur Hälfte mit gestoßenem Eis füllen.

2

Die Limette waschen, vierteln, über dem Glas ausdrücken und die Limettenstücke ins Glas geben.

3

Die Eiswürfel und alle übrigen Zutaten in den Shaker geben. Den Shaker schließen und mindestens 10 Sekunden lang kräftig schütteln (Seite 18/19). Den Inhalt durch das Barsieb in das Glas gießen. Kurz umrühren.

4

Die Trinkhalme ins Glas geben und den Drink mit den Cocktailkirschen, der Ananas und dem Minzezweig garnieren.

5

Der Mai Tai ist ein sehr empfindlicher Drink. Wegen der Intensität der einzelnen Zutaten muß man beim Abmessen sehr genau sein. Wenn die Limette, die über dem Glas ausgedrückt wird, nicht sehr saftig ist, mehr Limettensaft verwenden.

Ein Drink mit Geschichte geht um die Welt

Victor Bergeron, der Gründer der im polynesischen Stil eingerichteten Restaurantkette Trader Vic's, hat 1944 in Oakland/Kalifornien den Mai Tai kreiert.
Er hatte die Idee, braunen Rum mit Zucker, Mandelsirup und Limettensaft zu mischen. Besucher aus Tahiti, die den Drink versuchten, sagten »Mai Tai« dazu, was »Nicht aus dieser Welt, der Beste« bedeutet. Damit war der Name geboren. Mit dem beginnenden Tourismus kam der Mai Tai nach Hawaii. Heute ist er als Nationalgetränk und Begrüßungs-Drink für Touristen untrennbar mit den Hawaii-Inseln verbunden.

Mai Tai

Zombie

Eine der alkoholreichsten Rezepturen unter den Tropical Drinks. Zu genießen – aber mit Vorsicht!

Zutaten für 1 Drink:
Gestoßenes Eis aus 7–8 mittelgroßen
Eiswürfeln (Seite 18/19)
4–5 Eiswürfel
2 cl Grenadinesirup
2 cl Maracujasirup
2 cl Zitronensaft
4 cl Orangensaft
4 cl Ananassaft
2 cl Curaçao Triple Sec oder
wahlweise Cointreau, Peach Brandy,
Bananenlikör, Apricot Brandy
4 cl weißer Rum
4 cl brauner Rum
2 cl hochprozentiger Rum (70–73% Vol.)
Zum Garnieren:
1 Ananasstück
1 Minzezweig
Was Sie sonst noch brauchen
1 großes Longdrinkglas
Shaker
Barsieb
2 Trinkhalme

1

Das Glas zur Hälfte mit gestoßenem Eis füllen.

2

Die Eiswürfel und alle übrigen Zutaten in den Shaker geben. Shaker schließen, waagerecht halten und alles mindestens 10 Sekunden lang kräftig schütteln (Seite 18/19). Inhalt durch das Barsieb ins Glas gießen und leicht umrühren.

3

Mit dem Ananasstück und dem Minzezweig garnieren. Die Trinkhalme dazugeben.

4

Dank der Vielzahl der Zutaten erlaubt der Zombie ein großes Maß an Kreativität. Sie können vielerlei Sirupe verwenden oder mit den Säften neue Geschmacksrichtungen ausprobieren. Besonders eignen sich Guave-, Maracuja-, Papaya-, Guanabana-, Mango- und Grapefruitsaft.

Zombie – der gefährlichste Tropical Drink

Als Zombie bezeichnet man einen für eine Zeit wiederauferstandenen Toten. So fühlten sich auch schon manche, die sich von diesem Drink zuviel zugetraut hatten. Nicht umsonst steht auf manchen Barkarten hinter dem Drink »Nur zwei pro Gast«.
Der Zombie ist nicht allein durch seinen hohen Alkoholanteil gefährlich, sondern auch wegen seiner Tarnung. Die Sirupe, Säfte und der Likör überdecken den Alkohol. Da er frisch und fruchtig schmeckt, verführt er zum schnellen Trinken. Die Rezeptur läßt sich etwas mildern, indem Sie beispielsweise den weißen Rum weglassen.

Zombie

Cocobanana

Der Name sagt alles: Kokos, Banane und zum Träumen der weiße Strand von Rio – die Copacabana!

Zutaten für 1 Drink:
8–10 mittelgroße Eiswürfel
2 cl Bananensirup
6 cl Maracujanektar
6 cl Orangensaft
4 cl Batida de Coco
2 cl brauner Rum
Zum Garnieren:
Cocktailkirschen und Bananenscheiben
Was Sie sonst noch brauchen:
Shaker
1 Longdrinkglas
Barsieb
1 Cocktailspieß
2 Trinkhalme

1

5–6 Eiswürfel in den unteren Teil des Shakers füllen.

2

Den Bananensirup, den Maracujanektar, den Orangensaft, den Batida de Coco und den Rum dazugeben, den Shaker schließen, waagerecht halten und mindestens 10 Sekunden lang kräftig schütteln (Seite 18/19).

3

3–4 Eiswürfel ins Glas geben und den Inhalt des Shakers durch das Barsieb dazugießen.

4

Einige Cocktailkirschen und Bananenscheiben abwechselnd auf den Cocktailspieß geben und diesen über den Glasrand legen. Die Trinkhalme dazugeben.

Kokos – Die moderne Geschmacksrichtung

Mitte der 70er Jahre tauchte auf dem deutschen Markt zum ersten Mal Cream of Coconut auf. Damit begann der Siegeszug der Coconut-Drinks. Zuerst begeisterte der Piña Colada die Genießer. Bald gesellten sich immer mehr Cocos-Drinks dazu. Die Basis für Cocos-Drinks ist heute sehr breit. Es werden Cream of Coconut, Kokossirup und Kokosliköre verwendet, zum Beispiel Batida de Coco.

Cocobanana

Island Queen

Urlaubsstimmung vermittelt dieser aparte Tropical Drink mit seinem verlockenden Erdbeeraroma.

Zutaten für 1 Drink:
8–10 mittelgroße Eiswürfel
1 cl Erdbeersirup
1 cl Zitronensaft
6 cl Orangensaft
6 cl Maracujanektar
2 cl Bananenlikör
4 cl brauner Rum
Zum Garnieren:
1 Karambolescheibe
½ Erdbeere
Was Sie sonst noch brauchen:
1 Longdrinkglas
Shaker
Barsieb
1 Cocktailspieß
2 Trinkhalme

1

5–6 Eiswürfel in den unteren Teil des Shakers füllen.

2

Den Erdbeersirup, den Zitronen- und den Orangensaft, den Maracujanektar, den Bananenlikör und den braunen Rum dazugeben. Den Shaker schließen und waagerecht mindestens 10 Sekunden lang kräftig schütteln (Seite 18/19).

3

3–4 Eiswürfel ins Glas geben und den Inhalt des Shakers durch das Barsieb darübergießen.

4

Die Karambolescheibe einschneiden, an den Glasrand stecken und mit dem Cocktailspieß eine halbe Erdbeere daran befestigen. Die Trinkhalme dazugeben.

Der weite Weg zum Tropical Drink

Bis Anfang der 70er Jahre wurden Cocktails – und hier nur die Klassiker – ausschließlich in Hotelbars angeboten. Sie waren die Stiefkinder unter den Getränken. Das änderte sich, als durch führende Bars und Restaurants eine ganz neue Getränkekultur entwickelt wurde. Heute bekommt man im Handel exotische Früchte, Säfte, Sirupe, Liköre und Spirituosen, die man vor zwanzig Jahren noch vergeblich suchte. Diese Vielzahl ermöglicht es jedem, nach Herzenslust zu mixen und Tropical Drinks in allen Farben und Geschmacksrichtungen auch zu Hause zu kreieren.

Island Queen

Caribbean Fruitpunch

Es geht auch ohne Alkohol – versuchen Sie diesen fruchtigen Exoten.

Zutaten für 1 Drink:
8–10 mittelgroße Eiswürfel
2 cl Curaçao Bleu Sirup (alkoholfrei)
2 cl Zitronensaft
2 cl Rose's Lime Juice (Limettensirup)
6 cl Maracujanektar
6 cl Ananassaft
Zum Garnieren:
1 Orangenscheibe (Schale unbehandelt)
2 Cocktailkirschen
Was Sie sonst noch brauchen:
Shaker
1 Longdrinkglas
Barsieb
1 Cocktailspieß
2 Trinkhalme

1

5–6 Eiswürfel in den unteren Teil des Shakers füllen.

2

Den Curaçao, den Zitronensaft, den Lime Juice, den Maracujanektar und den Ananassaft dazugeben. Den Shaker schließen und waagerecht mindestens 10 Sekunden lang kräftig schütteln (Seite 18/19).

3

3–4 Eiswürfel ins Glas geben und den Inhalt des Shakers durch das Barsieb dazugießen.

4

Die Orangenscheibe bis zur Mitte einschneiden, die Enden verdrehen und den Cocktailspieß durchstecken, dazwischen die Kirschen spießen. Den Orangenspieß über den Glasrand legen, die Trinkhalme in den Drink geben.

Sirup – die süße Würze der Tropical Drinks

Sirupe haben beim Mixen gleich mehrere Funktionen: Sie süßen, geben den Drinks interessante Geschmacksnuancen und bringen Farbenpracht ins Glas.
Sie können hervorragend mit Fruchtsäften gemischt werden. Mit ihnen lassen sich auch farbige und exotische Mixgetränke mit und ohne Alkohol zaubern. Sirupe sind konzentrierte, dickflüssige Lösungen von Zucker in Wasser (Zuckersirup) oder Zucker in Fruchtsäften oder Pflanzenauszügen. War früher das Angebot recht schmal, so können Sie heute auf über dreißig Sorten zurückgreifen. Zum Beispiel auf Maracuja, Erdbeer, Curaçao Bleu, Banane, Mandel und Kokos. Aber auch ausgefallenere Geschmacksrichtungen wie Pistazie, Anis, Zimt, Pfefferminz, Vanille oder Ingwer finden ihre Freunde.
Kaufen Sie Sirupe ohne Bedenken in der 0,7-Liter-Flasche. Der hohe Zuckergehalt verhindert ein rasches Verderben, das heißt, gut verschlossen sind angebrochene Sirupflaschen über lange Zeit haltbar.

Caribbean Fruitpunch

Das richtige Mixzubehör

Aller Anfang ist leicht – zumindest beim Mixen. Für den Anfang genügt die Anschaffung eines Shakers und eines Barsiebs, die anderen Geräte finden sich in irgendeiner Form in jedem Haushalt und können nach und nach durch Profi-Utensilien ersetzt werden. Als Shaker sollten Sie den Boston Shaker nehmen, der aus einem Glas- und einem Metallteil besteht. Er faßt eine größere Menge als herkömmliche Shaker, ist leicht zu reinigen, und Sie können sehen, welche Zutaten bereits eingefüllt sind.

Unentbehrlich sind ein Schneidbrett aus Holz oder Plastik, ein mittelgroßes scharfes Messer mit Wellenschliff und zwei Spitzen, ein Meßglas zum Abmessen der Zutaten (dazu eignen sich auch Schnapsgläser mit Eichung), eine Eiszange, Cocktailspieße, Trinkhalme und ein Holzstößel zum Zerstampfen von Limetten.

Mit einem Mixer zum Pürieren von Obst und zur Zubereitung von cremigen Drinks wird die Hausbar schon profihaft.

Lizenzausgabe für Gondrom Verlag GmbH, Bindlach 2003
Autor: Franz Brandl
Fotos: Fotostudio Teubner
Covergestaltung: Monika Hagen

ISBN 3-8112-2144-2

Der Umwelt zuliebe gedruckt auf chlorfrei gebleichtem Papier.